Laughing Out Loud, I Fly

POEMS IN ENGLISH AND SPANISH

JUAN FELIPE HERRERA

DRAWINGS BY

KAREN BARBOUR

Joanna Cotler Books
An Imprint of HarperCollins *Publishers*

For Stephy Robles Gonzalez, the girl who goes laughing

—JFH

To Jenny and Heidi

—KB

Laughing Out Loud, I Fly
Poems in English and Spanish
Text copyright © 1998 by Juan Felipe Herrera
Illustrations copyright © 1998 by Karen Barbour

Library of Congress Cataloging-in-Publication Data
Herrera, Juan Felipe.
   Laughing out loud, I fly : poems in English and Spanish / Juan Felipe Herrera ; drawings by Karen Barbour.
      p.   cm.
   "Joanna Cotler books."
   Summary: A collection of poems in Spanish and English about childhood, place, and identity.
   ISBN 0-06-027604-5.
   1. Mexican Americans—Juvenile poetry.   2. Herrera, Juan Felipe—Translations into Spanish.   3. Children's poetry, American—Translations into Spanish.   [1. Mexican Americans—Poetry.   2. American poetry.   3. Spanish language materials—Bilingual.]   I. Barbour, Karen, ill.   II. Title.
PS3558.E74L38   1998   96-45476
811'.54—DC21   CIP
                                                                                                  AC

Typography by Alicia Mikles
3   4   5   6   7   8   9   10
❖
First Edition

y una codorniz un florero un tintero

un real de vellón un mirlo

un cuento un lápiz un botijo . . .

& a quail a flower vase an inkwell

a plugged nickel a blackbird

a story a pencil a jug . . .

—Pablo Picasso

from *Hunk of Skin*

A carcajadas, yo vuelo

A carcajadas, yo vuelo, por bien
por ver mamá Lucha en la banqueta, después
de la escuela esperando el bus de verdes listones,
al lado de la tienda de abarrotes, cerca de las almendras
la mulilla de José, el chispa de San Diego,
con dientes separados, como los míos en la tarde de cobre
son como las 3, la mosca me mancha la oreja, pero brinco
soy una caricatura de chango o un tamal chiloso, loco
con parches remendados, sabores infinitos a canela y
paletas de plátano, son las 3 de la tarde, no, a las 5
dijo mi madre que me llama
y sale del camión, un arco iris.

Laughing Out Loud, I Fly

Laughing out loud, I fly, toward the good things,
to catch Mamá Lucha on the sidewalk, after
school, waiting for the green-striped bus,
on the side of the neighborhood store, next to almonds,
José's tiny wooden mule, the wiseboy from San Diego,
teeth split apart, like mine in the coppery afternoon
it's about 3, the fly smears my ear, but I jump
I am a monkey cartoon or a chile *tamal*, crazy
with paisley patches, infinite flavors cinnamon &
banana ice cream, it's 3 in the afternoon, no, at 5
my mother says she will call me
& arrive, a rainbow.

Tío Beto empieza con piloncillo

Tío Beto empieza con piloncillo, un panadero Tejano
4 de la mañana y un cuento de mangos de El Paso, luego
este aroma de papaya sobre pequeñas pirámides de sal
dos ollas de color de clavo gris también, solo en su cocina
de circo y polkas de acordeón de la máquina de tortillas
que brincan sin ritmo
y luego, la lista:

> harina de trigo

> harina de maíz y anís

> con sueños de un México antiguo y flautas

pero el pincel de sueños se hace polvo y luego
se me olvidan los colores del pueblo, por un momento—
pueblitos de arena y niños cafés sin ansias o tristeza
entre las luces y los churros, con un polvito rojizo
de sopetón sobre los polvorones, tío Beto arranca una charola,
un comal de hojas de plátano y un racimo de estrellas de coco.

En el caldero mexicano de Mamá, una cebolla nace

En el caldero mexicano de Mamá, una cebolla nace

un edificio de cilantro y un ojito de sardina

o es una roja gallina traviesa o Sócrates mi gata

la única

que raya las estufas, la que sabe

lo que es el tiempo y los olmecas que amaban al jaguar

y cómo tejer duras pelotas y mece su pata

su cola de corbata, lejos de mi almohada y yo sueño lluvias azules

en Sarajevo, dulces novios en el zócalo crujiendo de viento

y estampitas de nieve, qué chiste—mi traje de burro:

esta piyama que nada en mi tela, mi cuerpo

de colibrí de ya ves que libre salí.

When the Mail Carrier Discovered My Aunt

When the mail carrier discovered my aunt
a gypsy—that she burns jalapeños, swirls *mole*
de olé

    with peanut butter, with

        Cuban sugarcane sugar & her chicken coop

is Beethoven's symphony

I heard the popping laughter, I came out flying
in my lazy tulip shirt, my turquoise legs in khaki cuffs,
this little bead of heat
on my temples,
and then in my forty-five socks &
my four poems for my sister moon, see her
over the schoolyard, she spells out the *curaciones*

        how to cure a fever, how

           to live to a thousand years, and all the smart little animals know

           the ones dancing on the sidewalk.

Cuando la cartera conocío a mi tía

Cuando la cartera conocío a mi tía
una gitana—que quema jalapeños, mezcla mole
de olé

    con mantequilla de cacahuete

    azúcar de caña cubana y su gallinero

es una sinfonía de Beethoven

oí las carcajadas, salí volando,
con mi camiseta de tulipán flojo, mis piernas turquesas en khakis
esta semillita de calor
en mis sienes
y luego en mis cuarenta y cinco calcetines y
mis cuatro poemas a mi luna hermana, la ves
sobre la yarda de la escuela, explica las curaciones

    cómo curar una fiebre, cómo

    llegar a mil años y todos los animalitos vivos lo saben

    los que bailan sobre la banqueta.

Chico, the Smallest, Just Like This, Chico

Chico, the smallest, just like this, Chico
with circus swing arms, my papi calls me
Chiquín, Don Memín, the Mayor of Nueva York
in my long coat of marimbas & Puerto Rico, my tiny
agave-thorn nose, orange marmalade lips, *pitahayas de playas*,
skip to my mattress: a cotton star from Guatemala
from China too, the fastest *requinto* guitar & Mamá smiles
when I call her, she sings, she lifts me, I fly
up toward the light & the golden strings, there is a stairway
rows of dry chiles curled like trumpets, this little chicky
or solar lemon—this pure sun.

Chico, el mero Chico, así, Chico

Chico, el mero chico, así, Chico
con brazos de columpio cirquero, mi papi me llama
Chiquín, Don Memín, el Alcade de Nueva York
en mi largo saco de marimbas y Puerto Rico, mi naricita
de maguey, labios de mermelada de naranja, pitahayas de playas
se echan en mi colchón: una estrella de algodón de Guatemala
de China también, toca el requinto más listo y mamá sonríe
cuando la llamo, ella canta, me levanta, y vuelo
hacia la luz y las cuerdas de oro, hay una escalera
ristras de chiles anillados como trompetas, este pollito
o limón de sol—puro sol.

Esmeralda, the Song Woman, Came & Delivered a Painted Maraca

Esmeralda, the song woman, came & delivered
a painted maraca, what a surprise:
a tiny open beach—plums & flashlights
& telephones & dressed shoulders
more grapes & sardines, bologna & an Aztec
careening over the salt—shake it, I sing
rich with seed flavors & ocean fragrance,
barrio jasmines, a little hunch-backed chile flea
a stringbean of sighs, my aunt Aurelia's bifocals
more sighs, but from Acapulco
before another explosion in Bosnia
or California or Chechnya—hear it?
Look, how my spaghetti bike crashes against
the famous beans.

Esmeralda, la cantora, vino y dejó una maraca pintada

Esmeralda, la cantora, vino y dejó
una maraca pintada, qué alboroto:
una playa libre chiquita—ciruelas y focos
y teléfonos y hombros vestidos,
más uvas y sardinas, boloña y un azteca
rodando sobre la sal—zúmbala, canto yo
rica con sabores de semilla y perfume del mar,
jazmines del barrio, una pulguita de chile, jorobada
un chícharo de suspiros, los lentes de mi tía Aurelia
más suspiros, pero de Acapulco
antes de otra bomba en Bosnia
o California o Chechnya—la oyes?
Mira como choca mi bicicleta de fideos contra
los frijoles famosos.

Uncle Beto Begins with *Piloncillo*

Uncle Beto begins with *piloncillo*, a Texan *panadero*

4 AM & a mango story from El Paso, then,

this aroma of papaya over little salt pyramids,

two gray nail-colored kettles too, alone in his circus kitchen,

accordion polkas from the tortilla machine,

skip a beat

& then, the list:

    wheat flour

    corn flour & anise

    with dreams of old Mexico & flutes

but the dream-brush turns into dust & then

I forget the town colors, for a while—

sandy pueblos & brown children without worry or sadness

between the lights & the *churros*, with a powder red

flash on the *polvorones*, Uncle Beto pulls out a tray,

a banana leaf griddle & a bouquet of coconut sparkles.

In Mama's Mexican Clay Bowl, An Onion Is Born

In Mamá's Mexican clay bowl, an onion is born

a cilantro skyscraper & a tiny sardine eye

or is it a mad reddish chicken or Socrates my cat

the only one

that scratches stoves, the one who knows

about time & the Olmecs who loved jaguars

& how to make stony balls & she swings her paw,

her tie tail, far from my pillow & I dream blue rains

in Sarajevo, sweet lovers in the park square, creaking with wind

& stamps of snow, what a laugh—my donkey suit:

this pajama that swims over me, my hummingbird

body from I am free you see?

Otra vez despierto con un ajonjolí y un chícharo cabeza verde

Otra vez despierto con un ajonjolí y un chícharo cabeza verde

de terciopelo sin caminito matutino, así nomás,

la luna alza su canto y listones, será posible perder

mi voz en enero 11, 12, 21, 31, regresaré a las 2

con la Nancy y su sapo comandante, estampas griegas de libro

en mares de islas azules, pequeñas esperanzas, pequeñas manos

de otro sueño solar, pero las cosas huelen a noche todavía

a un poquito de sandía, en la yarda, es

la luz floreada de la luna, un viejo veinte de plata a mediodía

una niña de maíz creciendo fuerte.

I Wake Again with a Sesame Seed
& a Green-Headed Pea

I wake again with a sesame seed & a green-headed pea
velvety, without a morning path, just like this,
the moon raises her song & ribbons, is it possible to lose
my voice on January 11, 12, 21, 31, will I return at 2
with La Nancy & her bossy frog, Greek book stamps
in blue island oceans, tiny hopes, tiny hands
from another daydream, but things still smell like the night
a bit of watermelon perfume, in the yard, it must be
the moon's flowery light, an old silver coin at noon,
a little corn girl growing up fast.

¿Quién quiere correr conmigo?

Quién quiere correr conmigo, con hermosura al aire
mis zapatos de trigo o es mi ombligo, un pato
un caracol hecho nudo, un niño mexicano que grita *aguacate*
cate!
cate!
De mi corazón, *cate!*
    —agua pasa por mi casa
y luego tenemos al viejito Don Chon y su barba de mostaza
    cocina chorizo con nopales
      los cuelga sobre su cerco asolado
        sus manzanares quietos y una mariposa con lentes de profesor
me divisa y se sienta a estudiar
y argumenta, me llamo Simón
dice Don Chon y 1 y 2 y 3, el que llega
con cara de tomate se vuelve aguacate.

Who Wants to Run with Me?

Who wants to run with me, with beauty in the open air

my wheat shoes or is it my bellybutton, a duck

a curled seashell, a Mexican boy that shouts *aguacate*

cate!

cate!

In my heart, *cate!*

    —water rushes by my house

then we have old man Don Chon & his mustard beard

    cooking *chorizo* with *nopales*

    hanging over his sunny fence

    his apple trees quiet and a butterfly with professor spectacles

she looks at me, sits down to study

& argues, my name is Simón

Don Chon says & 1 & 2 & 3, whoever shows up

with a tomato face wins the avocado race.

Está en el café,
está en el frijolito negro

Está en el café, está en el frijolito negro,
es el humo de hierbas verdes, amistosas
nopales en salsa de mole, es una despedida:
mi papi ya va a los files, flotando en sueños de tractores
él es una sombra doblada sobre mi camita de sarape
es un poema, cuando nací, en los campos abiertos de uvas
y algodones y ciruelas y calabazas
es el pueblito, el que conozco, desde
Fresno, desde San Antonio, desde Joigelito
hasta San Francisco o Pancho Villa
de Sevilla, ya te dije mi nombre,
de pimienta caliente que te alimenta.

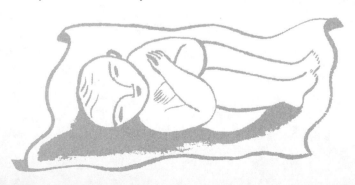

It Is in the Coffee,
It Is in the Tiny Black Bean

It is in the coffee, it is in the tiny black bean
it is the smoke of green herbs, friendly
cactus in *mole* sauce, it is a farewell:
my papi leaves to work the fields, floats in tractor dreams,
he is a shadow folded over my little *sarape* bed
it is a poem, about my birth, in the open grape fields
& cotton plants & prunes & squash
it is the pueblo, the one I remember, from
Fresno, from San Antonio, from Joigelito
to San Francisco or Pancho Villa
from Sevilla, I already told you my name,
hot & peppery, good for you.

Tengo muchos calcetines, unos de alas

Tengo muchos calcetines, unos de alas

otros de alejandrinas, 6 de blancas playas

10 de sapos enredados, unos con narices

y lombrices, de monas y aceitunas, de la luna tortilla

de mi tía Luna, 8 de cara de ajedréz y

cachetes de pez, pero todos famosos, calcetines

tejidos de noches y unos de días, otros

de escalofríos y de ríos trenzados, 7 rancheros

y 1 de marrano buzo, "¿Dónde están mis calcetas?" como dice Papi,

una calceta de pandereta para tu maceta.

I Own Many Socks, Some with Wings

I own many socks, some with wings
others Alexandrines, 6 of white beaches
10 of tangled frogs, some with noses
& worms, dolls & olives, from the tortilla moon
from my aunt Luna, 8 with chess faces &
fishy cheeks, but all of them famous, socks
woven with nights and some with days, others
with goosebumps and threaded rivers, 7 ranchers
& 1 skin-diving pig, "Where are my sockos?" as Papi says,
one tambourine socko for your flower-vase head.

Fuí al mercado y compré bellas

Fuí al mercado y compré bellas
una verdolaga inflada, un clavado de estrellas
en este lado de la esquina, leche con pan resbalón
y la luz de la tarde, una cebolla y
una explosión de confeti, un diente vivo
de coronillas platinas, el flan de Francia
que me da ansia, ese chico gaznate frito
no sé dónde pero siempre se me esconde,
compré una torre de caramelos y hielos
y altas ramas, no dije que la panza me bota
y no se me olvida nada, cuando mi mamá se me va
pizco el romerito, las ramitas de epazote seco.

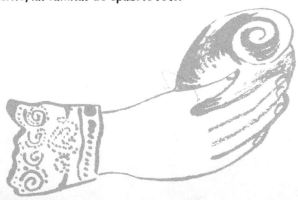

Went to the Marketplace & I Bought Beautifuls

Went to the marketplace & I bought beautifuls
a swollen street pear, a starry nail
on this side of the corner, milk and slippery bread
and the afternoon light, an onion &
a confetti explosion, a raw tooth
with silvery crowns, custard from France
makes me nervous, that little fried beak
I don't know where but it always escapes me,
I bought a tower of caramels & ices
& tall branches, I didn't say my belly is bobbing
and I don't forget anything, when my mother is away
I pick the *romerito*, the dry *epazote* twigs.

Mesalina, mi amiguita vestida de ramas

Mesalina, mi amiguita vestida de ramas, enropada

como presidente con corbata de goma y anillo de topaz

qué loco, qué alboroto, qué loco los rábanos del obispo, así dice,

el obispo listo, mi ojo verde registra todo lo que tiembla

mi cuevita orientada hacia al mar, yo le escribo a Sócrates,

la gata silenciosa, las olas infinitas que tocan mis pies, digo

vámonos a Chiapas con los Mayas libres, yo y Mesalina

debajo una estrella, luego luego una lluvia montañosa,

la cortina de fina gasa, las nubes que dulces y ondas—

me visto como una lechuza.

Mesalina, My Friend Dressed with Branches

Mesalina, my friend dressed with branches, dressed
as a President with a gum tie, with a topaz ring
crazy, what a laugh, look at the Bishop's radishes, she says,
the smart Bishop, my green eye registers every motion,
my tiny cave that gazes out to sea, I write to Socrates
the whispery cat, the infinite waves touch my feet, say
let's go to Chiapas with Mayan Indians free, me & Mesalina
under a star, then quickly, the mountain rain,
the gauzy curtain, clouds sweet and deep—
I dress up as an owl.

Me perdí en las cuentas blancas del maíz

Me perdí en las cuentas blancas del maíz, en un granito de sal
sí, de sal portuguésa, en un limón cráter y una nuez,
al otro lado de Arizona, cerca de los obreros de cobre,
no sé cómo pasó, pero sí, me perdí
no faltó más que las piernas como luces en un bote, un frasco
de jalea, las amarillas milpas en la loma de Doña Zarzamora,
el tobillo en las tortillas de papá, me caí derecho, en un charco
de pipián de Ixtapa, qué tempestad, durante mi tarea,
un circo de oxígeno en mi leche, duérmete hijito,
me dijo el coronel, el perico coronel, allí en esa almohada
o acaso es marimba, sobre ese plato de madera soñolienta
sueños trigueños, una gallina de abuelita Alvina, es broma
en el último pedazo del universo, me enredé, sí
en una cansada noche y mis lentes? No los perdí—
los encontré en mi camiseta de planeta, la de sol.

I Lost Myself in the White Corn

I lost myself in the white corn, in a salt grain

yes, Portuguese salt, in a crater lemon and a walnut

on the other side of Arizona, by the coppery workers

I don't know how it happened, but yes, I lost myself

it was a matter of flashy legs going into a can, a jelly jar

the yellow ears on the hill of Mrs. Zarzamora, the ankle in

Papa's tortillas, I fell fixed, in a grainy peppery pool

from Ixtapa, what a storm, during homework,

an oxygen circus in my milk, go to sleep my child

the colonel said, the colonel parrot, there on that pillow

or is it a marimba, on that dreamy wooden plate

grainy dreams, Grandma Alvina's chicken, I am joking

on the last step of the universe, got lost, yes

in the tired night & my glasses? Didn't lose them—

found them in my planet shirt, the one made of sun.

La enchilada que me regaló el carnicero

La enchilada que me regaló el carnicero
estaba llena de chícharos y añil, un tren rojo loco, me crees?
Hinchada con una Rusia con tazas de trigo, un higo de hijos
trompudos, un nudo de payaso fresco, y grititos de niño
y pozos flacos y muletas de carbón, de New Jersey
un lago de almíbar y un trozito de pan huérfano
el que solito brilla: mi alto papi al atardecer
una telita de araña, el ronco filtro
de mi harmónica, un pastel alemán,
esta nube de ojos de oso dormilón, un sapo como un vapor,
como mi tío Franco, el Rey de Palabras, la primera—
Caribe, la segunda, *bermellón* y por favor
no te quemes, que ardor,
y de mis bolsas, letras sueltas
     KQZ   TVR SQ TN OPJ
más palabras como *cosquillas, olivo soñoliento, alférez
santería* y más *chuchería* por mis rodillas.

The Enchilada the Butcher Gave Me

The enchilada the butcher gave me
was filled with split peas & indigo, a crazy red train, you believe me?
Filled with Russia in wheat cups, a fig with haughty children
the knot of a wise clown, and baby screams
& skinny puddles & charcoal crutches from New Jersey
a honey lake & a tiny chunk of orphan bread
the kind that glows alone: my tall father at dusk
a silver spiderweb, the growling filter
of my harmonica, a German cake,
this sleep-eyed bear cloud, a toad as a vapor
like uncle Franco, the King of Words, the first word—
Caribe, the second, *vermilion* & please
don't burn yourself, the heat is unbearable,
& from my pockets, loose letters
     KQZ   TVR SQ TN OPJ
more words like *tickles, sleepy olive, alférez,*
santería & more *chuchería* by my knees.

Cuento ristras de chile y hojas antiguas

Cuento ristras de chiles y hojas antiguas, cuento cuento
un México en Los Angeles, una gigante Oaxaca en chica Alaska
esta fiesta de otoño hecha trizas, a contar pues:
123 y 8910, es un cuento de arroz o arroz con leche?
o es sobre un huichol vestido de salsa y maíz tostado
inventado en Guatemala, una honda canción de la tarde
para el velorio, una lluvia de rezos chispea en las velas, escucha
su amor y memorias, la noche de plata, una sombrita calientita
debajo el cuervo chico, en su traje listo,
sus ojos de fuego, un fandango y un rosario que murmura mi madre
mares ocultos, la espesa sopa de la mañana, un caldo claro
con ajo fuerte, para que crezcas y no desaparezcas, son cinco
años sin lluvia, cien sin algodón, siete y medio
con música de guitarra, son mis años ricos, cuenta.

I Count Dry Chile Vines & Ancient Leaves

I count dry chile vines & ancient leaves, count count
a Mexico in Los Angeles, giant Oaxaca in tiny Alaska,
this autumn fiesta torn to pieces, well, let's count:
123 & 8910, is this a story about rice or is it rice with milk?
or is it about a Huichol dressed with salsa and toasted *maíz*
invented in Guatemala, a deep sunset song for the *velorio*,
a praying rain sputters in the candles, hear it
sing love and memories, a silvery night sky, a warm baby shadow
underneath the small crow, dressed up in his smart suit
fire eyes, a fandango and a rosary that Mamá murmurs
secret oceans, thick stew in the morning, a clear soup
with strong garlic, so you will grow & not disappear, it's been five
years without rain, one hundred without cotton, seven
& a half with guitar music, these are my rich years, count.

Nada falta, nada, menos los tamales de piña

Nada falta, nada, menos los tamales de piña, queso
de Nuevo México, una harina tostada, con miel, el Franky de 3 años
y su nariz chata y sus ojos de estrella de mañana, nada, dije
nada, pero todo, todo, este río de vidas sobre el cielo infinito y
este mundo de aves filosóficas, prima Tere batallando con SIDA
las primeras gotas de tinta, tú entiendes—yo escribo mucho,
es mi segunda carta de amor, *a* y *eme* y *o* y *ere* y el pequeño canto
de mi guitarra, por mis costillas y dónde están mis caballos y dónde
están mis payasos pollos, mis lápices que galopan y se echan
a poner huevos y *eles* y *jotas*, una *Z* misteriosa, aquí mero
en esta página rodando sobre soles gruesos
en esta pintura, no falta nada, y dije que nada
ni nada.

Nothing Is Missing, Nothing, Except the Pineapple Tamales

Nothing is missing, nothing, except the pineapple tamales, New

Mexico cheese, toasted flour, with honey, the little 3-year-old Franky

& his smashed nose & his morning-star eyes, nothing, I said

nothing, but everything, every thing, this swirl of lives in the infinite sky &

this earth of philosophical birds, my cousin Tere battling AIDS

the first drops of ink, you know—I write a lot, this is my second

love letter, *a* & *m* & *o* & *r* & the little song

in my guitar, by my ribs and where are my horses and where

are my clowny chickens, my galloping pencils, they are

laying eggs & *L*'s & *J*'s, a mysterious *Z*, right here

on this mere page rolling on fat suns

right on this painting, nothing is missing, nothing I said,

not a thing.

A las cuatro de la tarde
escribo de sopetón

A las cuatro de la tarde escribo de sopetón

escuincla de trigo fuerte y un barrote de sol

así, así, dice mi abuelo con su bigote

su relámpago y su barba amapola, así, así mero

toma su café de un tiempo antiguo, pintado por adentro

se acuerda de un joven Wyoming, esa nieve imposible

cuando cruzó la frontera de México, solo, soñando

sin madre, sin padre, solito, silencio

un trozo de sol pintado con leche de cabra, dice

no teníamos ventanas, ni escuelas, ni dentistas

sólo cielo, un cielo abierto, la tierra pura.

At Four in the Afternoon
I Write in a Flash

At four in the afternoon I write in a flash

crazy girl like strong wheat & a hunk of sun

like this, just like this, Grandfather says with his mustache

his lightning & his tulip beard, like this, just like this

he drinks his coffee from old times, painted inside

he remembers a young Wyoming, that impossible snow

crossing the Mexican border, alone, purring

without a mother or father, very alone, silent

a piece of sunlight painted with goat milk, says

we didn't have windows, or schools or dentists

just the sky, open sky, the pure earth.

Si yo fuera Picasso pintaría un cangrejo

Si yo fuera Picasso pintaría un cangrejo
bailando sobre mi mano izquierda, botas de cobre y paja loca
sobre un adobe, el mundo—un ajonjolí, semillitas de mostaza
con mi amor pintaría una chica semilla legítima
llena de principios y oro, este continente Indio, mis sabores
serían globales, de barcos verdes y cosechas—
un universo de manitas blanditas, tierno, muy tierno
con ojitos de ardilla, la música sería enorme, lluviosa.

If I Was Picasso I Would Paint a Crab

If I was Picasso I would paint a crab
dancing on my left hand, copper boots & wild straw
laying on adobe, the world—a sesame seed, mustard seeds
with my love I would paint a true tiny seed
full of beginnings & gold, this Indian continent, my flavors
would be global, full of green boats & harvests—
a soft-handed universe, tender, very tender
with little squirrel eyes, the music would be enormous, rainy.

Baldomero, mi cacatúa, lava su traje

Baldomero, mi cacatúa, lava su traje
ayer y hoy, todo es igual, no mira hacia atrás
se concentra, en habichuelas, almendras,
la ola colosal adentro de una hoja de lechuga, un chícharo
es un museo en la mañana, no se preocupa
de California or de mis cumpleaños, trabaja duro
con sus alitas, divisa millas a través de su jaula de alambre
su mente es infinita, su mente maravilla es su traje amarillo.

Baldomero, My Cockatoo, Cleans His Suit

Baldomero, my cockatoo, cleans his suit
yesterday & today, it is all the same, he doesn't look back
he concentrates, on string beans, almonds,
the tidal wave inside a lettuce leaf, a snow pea
is a museum in the morning, he doesn't worry
about California or my birthday, he works hard
with his wings, he gazes miles across the wire cage
his mind is infinite, his magic mind is his yellow suit.

Nací con un periquito de esperanza

Nací con un periquito de esperanza, un ingeniero principiante
de semillas y ámbar, cepillos y un sarape color tortuga
tenemos una historia de cuevitas donde murmuramos secretos
mi mano—su conchita de sal, mis corridos de El Paso y El Salvador
su baile de puntitas sobre la madera sabor a trigo.

I Was Born with a Tiny Parakeet of Hope

I was born with a tiny parakeet of hope, a beginner engineer
of seeds & amber, brushes & a turtle-colored *sarape*,
we have a history of little caves where we whisper our secrets
my hand—his salt shell, my corridos of El Paso & El Salvador
his dot-dot dance on the wheat-flavored wood.

Olas y membrillos

Olas y membrillos
y mis dedos como cabezitas
de torito y corderos—

nací solo, en el campo
con un lápiz de perijil, un borrador de estrellas
cargo un nido en el pecho—dos botas de arroz sobre mi traila,
casa de un cuarto de humo de papas fritas y cuando el viento quema
contra las esquinas, canta con la voz de Luchita
mi mamá que trabaja los poemas, que escribe de los días duros, el buen pan
y luego y esto y más y 15 y 20 poemas y 100 y 2 y tu y yo.

Waves & Quince Apples

Waves & quince apples
and my fingertips like tiny heads
of baby bull & lambs—

I was born alone, in the open fields
with a parsley pencil, an eraser of stars
I carry a birdnest in my heart—two rice boots above our trailer,
a one-room cloud of fried potatoes & when the wind burns
against the corners, sing along with the voice of Luchita,
Mamá who works poems, who writes about hard days, good bread
& then & this & more & 15 & 20 poems & 100 & 2 & you & me.

El sol lo cargo en mi bolsa

El sol lo cargo en mi bolsa, tocando un violín de oro,
un racimo de siete varitas de agua y bronce, una estrella fuerte
siempre en busca de mi casa tráiler, así me conoce,
y me llama como maíz tierno, como arroz con chile, como tortilla
doblada en una flauta de mantequilla, es mi solecito
que me acompaña cuando camino solo, entre
árboles arañosos y rotas estatuas ajenas, cuando brinco
por las tienditas de primavera, un anillo de cuentas
que se caen y se derriten en forma de colibrí
cuando todo se termina y se evapora, cuando papi sale
y mamá se va a la ciudad sin gorriones
es mi solecito de secretos, mi corazón, mis palabras de sabor
a fresa, yerba buena y piña y coco, el sol que tengo
el que se arrechola a mi hombro, me conoce
y me llama su arbolito Juanito, eres
mi rama creciente, la vocecita de volcán recita, mi niño
juega a la pelota, juega como luz.

I Carry the Sun in My Pocket

I carry the sun in my pocket, playing the gold violin
a seven-stringed branch of water & bronze, a strong star
always in search of my trailer house, how it knows me
calls me like young corn, like rice with chile, like tortilla
rolled as a flute dipped in butter, it is my little sun
that walks with me when I am alone, between
spidery trees & strange chipped statues, when I fly
through the tiny springtime tents, a circle of beads
that fall & blend into the shape of a hummingbird
when everthing is finished & gone, when Papi leaves
and Mamá is away in the city without sparrows
my secret sun, my heart, my words pouring with flavor
of strawberry, spearmint, pineapple & coconut, this sun
that I carry, the one that cradles me, floats to my shoulder
the one that names me like a Juanito tree, you are
my growing branch, the little volcano voice recites, my child
play ball like light.

The Beginning of *Laughing Out Loud, I Fly*

At the age of seventeen, in a San Francisco bookstore, when I first opened Picasso's tiny book of poems, *Hunk of Skin*, I was immediately bathed in sunlight. The words had the aromas of morning pears and fresh oranges, their perfume pulled me along familiar gold-filtered landscapes. My fingers smoothed over the square pages and felt the bushy heads of the animals, and the sandy almonds on his kitchen table. Bull hooves clapped on the wavy earth, Picasso's childhood friend, Mesalina, ran up to me and pulled my shirt; even the fine-tuned laughter of the parakeets came alive. Pablo Picasso's poems are like his famous paintings: faces, flavors and places from different worlds are brought together in quick strokes of color and imagination. Can my words and poems leap like this too? This question tickled me. Then, one day, inspired by Picasso's love for seeing and hearing things differently, I sat at my brother-in-law's table in San José, California, and in a couple of hours wrote the first draft for this book. Like Picasso, I also wanted to write about my early years, and I mixed in his childhood too; through poetry, all of our childhoods can join in and play, laughing out loud, flying.

J.F.H.

DEMCO